첫번째 미래

씨엘미디어

첫 번째 미래, 두 번째 엄마

초판 1쇄 2024년 8월 5일
2쇄 2024년 9월 12일

글 신영미
그림 권진혁
디자인 이경영

펴낸이 신영미
펴낸곳 씨엘미디어 (출판등록 제 333-251002021000003호)
주소 : 부산시 해운대구 수영강변대로 140
전화 : 070-8065-0897
메일 : kogeang@naver.com

ISBN 979-11-974830-9-7 (77810)
© 신영미

* 잘못된 책은 바꾸어 드립니다.
* 값은 뒷표지에 있습니다.
* 저작권법에 의해 보호를 받는 저작물이므로 무단 전재와 무단 복제를 금합니다.

첫번째 미래
글·신영미 그림·권진혁
씨엘미디어

아침부터 태양은 뜨거웠습니다. 하늘의 태양빛을 수직으로 받는 바다 한가운데에 배 한 척이 홀로 떠 있었어요.

"오빠! 밤샜어?"

햇볕에 눈을 제대로 뜨지도 못한 채 소녀가 말했습니다. 바닷속을 들여다보던 소년은 그제야 고개를 들었어요. 뺨에는 밤색 기미가 잔뜩 끼어 있었고, 미간을 찌푸리자 아저씨처럼 보였습니다.

"오늘은 뭐라도 잡아야지 며칠째 고기 한 점 못 먹었잖아."

　남매는 크지 않은 낚싯배에서 할머니와 함께 살고 있었습니다.
부모님은 대홍수가 덮치던 날, 세상과 함께 사라졌어요.
지금 서 있는 곳에서 왼쪽 오른쪽 사방팔방 어디를 둘러봐도 산은
없고, 하늘과 바다만 보입니다. 물 위로 솟구쳐 오르던 고래는
물론이고, 모래만큼 흔했던 갈매기조차 자취를 감추어 버렸어요. 끝이
보이지 않는 바다 위에 홀로 떠 있는 배 한 척 외에는 모두 감쪽같이
없어졌습니다.
　"물이라도 한 모금 드세요."
　소녀가 누워 있는 할머니에게 다가가 속삭이듯 말하자 그녀가
힘겹게 눈을 떴습니다. 하지만 기력이 약해져 일어날 수는 없었어요.
　"오빠가 고기 잡고 있으니까 조금만 더 힘내요. 알았죠?"
　할머니는 대답 대신 가냘픈 신음 소리를 낼뿐이었습니다.
깊게 주름진 그녀의 얼굴은 더 일그러졌어요. 뒤로 돌아선 소녀가
눈을 감으니 눈물이 볼을 타고 흘렀습니다.

어느덧 노을이 파도를 따라 일렁이며 근심이 가득한 소년의
얼굴을 황금빛으로 비추고 있었습니다.

'오늘도 허탕하면……'

소년은 어머니가 차려주신 따뜻한 밥이 갑자기 생각났어요. 식탁에
둘러앉아 사과와 딸기를 먹던 기억도 떠올랐지요. 새콤달콤한 과일의
맛이 느껴지는 듯해 숨이 막힐 것 같았습니다. 순간 부모님이 너무
보고 싶었어요. 찰싹거리는 파도 소리가 자장가처럼 들리는가 싶더니
정신마저 혼미해졌습니다.

'이제 끝이구나!'

소년은 눈을 질끈 감아 버렸습니다. 그런데 바로 그때였어요. 첨벙
물 튀기는 소리가 들렸어요. 낚싯줄도 팽팽해졌습니다. 그제야
정신을 차린 소년은 두 손으로 줄을 힘껏 당겼어요. 꽤 묵직했습니다.
끌어당기는 힘이 만만치 않았어요. 소년은 몸을 뒤로 젖히며 낚싯줄을
배 안으로 끌고 갔지요. 그러자 물고기의 요동이 한층 심해졌습니다.

“제발 살려주세요!”

와, 물고기가 말을 했습니다. 어른 키를 넘는
길이에 황금색 가슴지느러미를 가진 물고기였는데,
눈 밑에 고양이와 닮은 수염이 몇 가닥 난 것 외에는
그냥 평범한 모습이었습니다. 그런데 뾰족한 입으로
말을 하는 것이 아니겠어요? 어리둥절한 남매가
서로를 쳐다봤습니다.

“무슨 일이야.”

“뭐가?”

“말을 하잖아.”

“그러게 말이야.”

“아, 몰라. 배고프니까 그냥 먹자. 이대로 있으면 할머니 돌아가실 것
같아.”

소녀는 칼을 찾기 위해 두리번거리며 말했어요.

“자, 자, 잠깐만!”

황금색 가슴지느러미 물고기가 다급하게 소리쳤습니다. 그리고는
이런 이야기를 들려주었답니다.

　지구에 대홍수가 났을 때 세찬 비바람이 불어 모든 것을
물속으로 가라앉게 했어요. 땅 위에 살던 동물들이 모두 목숨을 잃었지요. 사실
나는 밀림을 지배하던 호랑이였어요. 믿기 어렵겠지만, 저주를 받아 이렇게
변했답니다. 나를 물고기로 만든 독거미가 마법을 부릴 때
몇몇 사람이 살아남았다고 화를 냈어요. 그때 알았죠. 살아있는 사람들이 지구를
구할 수 있겠구나!
　하지만 눈을 씻고 찾아봐도 아무것도 보이지 않았답니다. 어두운 밤만
계속되고 있었죠. 그러던 어느 날, 하늘에서 천둥 번개가 치더니
바닷속에서 강력한 에너지가 방사됐어요. 얼마 뒤에 엄청난 굉음과 함께
땅이 바다 위로 솟구쳐 올랐는데, 그게 바로 흙이 모여있는 마지막 숲이었어요.
그리고 그 숲에 우리를 구원할 '미래'가 살고 있대요.

“이게 말이 된다고 생각해?”
　소녀는 황당한 표정으로 오빠에게 물었습니다. 하지만 소년은 동생과 달리
진지한 표정이었어요.
“그러니까 마지막 숲에 있는 '미래'를 데려오면 예전에 살던 지구가 될 수
있다는 거야?”
　소년의 말에 물고기는 황금색 가슴지느러미를 힘차게 마주쳤습니다.
“오빠! 미쳤어?”
“잘 생각해 봐. 마법에 걸린 물고기를 잡아먹기 왠지 찜찜하잖아. 또 지금
죽이면 한 번밖에 못 먹지만, 조금 참고 미래를 찾으면 더이상 굶주림에
시달리지 않아도 된다고.”
　소년의 눈이 붉은 노을처럼 반짝거렸습니다.

황금색 가슴지느러미 물고기가 안내해 준 숲에 들어서자
싱그러운 풀 냄새가 가득했습니다. 폭신한 흙길을 따라 키 작은
국수나무부터 졸참나무, 상수리나무, 소나무, 밤나무들이
일제히 하늘을 향해 자라고 있었어요.
"와, 얼마 만에 맡아보는 흙냄새야. 너무 상쾌하다! 어머 꽃도 있어."
소녀는 진분홍 꽃이 피어 있는 나무 앞으로 달려가 향기를 맡았습니다.
"거봐, 오길 잘했지?"
소년은 동생이 기뻐하는 모습을 보고 행복했습니다.
"응, 이제야 살 것 같아. 그런데 할머니도 함께 왔으면 더 좋았을 텐데."
소녀가 아쉬운 표정을 지었습니다. 거동이 불편한 할머니는
배에서 남매를 기다리기로 했거든요. 그 대신 부탁 받은 일이 있었어요.
숲에 있는 흙을 가져다주기로 약속했지요.

"이거 토끼풀 아니야?"
떡갈나무 밑에 옹기종이 피어 있는 흰 꽃을 보고 소녀가 말했습니다.
"맞네. 행운을 가져다준다는 풀이잖아."
남매는 신이 나서 손뼉까지 쳤습니다. 그리고는 토끼풀을 뿌리채 캐내어
할머니가 주신 천 가방에 흙과 함께 담았지요. 기뻐하실 할머니를 생각하니
콧노래가 절로 나왔어요.
그런데 갑자기 조용했던 숲속이 소란스러워지기 시작했습니다.
바람이 불지 않는데도 온갖 나뭇잎들이 심하게 흔들리는 것이 아니겠어요?
남매의 몸이 으스스 떨렸습니다.

"흙을 도둑질해? 이놈들, 감히 겁도 없이!"

하늘을 가릴 만큼 키 큰 나무가 붉은 줄기를 보이며 숲속이 떠나갈 듯 쩌렁쩌렁 외쳤어요.

"으악! 무서워."

소녀는 오빠의 등 뒤로 숨어 버렸습니다.

"저, 저희 말 좀 들어보세요. 저희는 도둑이 아닙니다. 미래를 찾기 위해 이곳에 왔어요."

소년은 용기를 내어 말했습니다.

"미래? 미래가 뭔데 시끄럽게 떠드느냐?"

붉은 줄기 나무가 묻자, 남매는 고개를 갸우뚱거렸어요.

"그러고 보니 인간이잖아. 더구나 아이들인데 어떻게 살아있지?"

은행나무가 노란 이파리들을 어지럽게 흔들며 물었어요. 하지만 남매는 여전히 아무런 말도 할 수가 없었습니다.

"보나마나 뻔해. 우리를 괴롭히려고 왔을 거야."

소나무가 솔방울을 떨어뜨리며 말하자 느티나무도 거들었어요.

"맞아. 열매를 빼앗고, 가지도 마구 꺾잖아. 어른 인간들이 밭을 만든다고 숲을 불태우기도 했어. 다들 알지? 조상 대대로 얼마나 괴롭혔는지 말이야."

숲속 나무들이 여기저기서 화를 내기 시작했습니다.

"호랑이가 알려줬어요!"

"뭐, 호랑이?"

"네! 밀림의 왕이었대요."

"옛날 옛적 호랑이 담배 먹던 시절 일이야. 지금은 사정이 달라졌지."

"맞습니다. 호랑이도 지금은 물고기예요. 동생도 같이 들었거든요. 독거미 저주를 받아 그렇게 됐는데, 마지막 숲에서 미래를 찾으면 예전의 푸른 지구로 돌아갈 수 있다고 했어요."

"그러니까 미래가 도대체 뭐냐고!"

"그게 ……."

"미래가 뭔지도 모르면서 찾겠다는 거냐?"

"그건 호랑이도 모른대요."

남매가 간곡하게 얘기했지만, 숲속 나무들은 들으려고 하지 않았어요. 미래가 무엇인지 모르는 아이들의 말을 더이상 믿을 수 없다는 것이었습니다.

"거짓말이 분명해. 어떻게든 빠져나가려고 하는데, 인간은 믿을 수 없는 족속일 뿐이야."

아이들이 알아들을 수 없는 말로 회의를 시작하며 전나무가 말했습니다.

"게다가 집을 짓는다고 베고, 목장을 만든다고 베고, 그동안 수도 없이 잘려나갔어. 이제 우리도 복수해야지."

편백나무가 나서자 떡갈나무도 덧붙였습니다.

"만약 지구가 멸망한대도 우리 씨앗들은 끄떡없어. 공기 없이는 살지 못하는 인간들과는 차원이 다르잖아."

결국, 숲속 나무들의 회의는 남매를 없애는 것으로 결론이 났습니다.

첫번째 미래 • 19

"그런데 너희들 몸이 너무 말랐다. 먼길 오느라고 배고팠지?

과일이 덜 익어서 우선 이거라도 좀 먹어봐."

은행나무가 상냥한 목소리로 가리킨 곳에 다홍색 사슴뿔 같은 게 보였습니다.

"우와, 당근처럼 생겼잖아. 진짜 맛있겠다!"

소녀는 오빠 등 뒤에서 나와 기뻐 날뛰었어요.

"안돼! 독버섯이야."

동생이 그것을 만지려고 할 때 소년이 크게 외쳤습니다.

"하! 조그만 게 제법인데. 이번에는 내가 나서야겠군."

어디서 들려오는 소리인지 주위를 살피려고 하자 별안간 가느다란 은실이 남매를 휘감았어요. 눈 깜짝할 사이에 벌어진 일이었습니다. 진득진득한 실이 여러 겹으로 남매의 몸을 감싸고 있어 꼼짝할 수 없었지요.

"이제 어떡해, 오빠!"

"침착하자. 무슨 방법이 있을 거야."

겁에 질린 동생을 달래며 소년이 들러붙은 은실을 물어뜯었어요. 하지만 그럴수록 은실은 더 칭칭 감겨들기만 할 뿐, 떨어질 줄을 몰랐습니다.

"어머나, 가여워라!"

노랑나비 한 마리가 날개를 하늘거리며 날아오더니, 멀찍이서 남매를 보고 말했어요.

"도와주고 싶지만, 나는 힘이 없네요. 자칫하면 죽기 때문에 쯧쯧, 부디 편안히 가세요."

나비는 고개를 숙였습니다. 바로 그때 털복숭이 거미가 노랑나비를 공중에서 확 낚아챘어요. 졸참나무 위에서 지켜보다가 때마침 뛰어내린 것입니다.

"독거미가 분명해."

즉사한 노랑나비를 보고 소년이 울먹였어요.

"제발 살려줘요! 할머니께 가야 해요. 우린 숲을 헤치려고 온 게 아니라니까요. 미래를 찾아 지구를 구할 거예요. 다 함께 살면 좋잖아요!"

소녀는 두 주먹을 쥐고 당당하게 말했습니다. 자신을 노려보고 있는 독거미가 흉측하고 두려웠지만, 이대로 죽을 수는 없다고 생각했지요.

"호! 제정신이 아니군."

털복숭이 거미는 아랑곳하지 않고 먹이를 향해 점점 다가갔습니다. 심술궂은 웃음을 머금고 말이죠. 남매는 함께 힘을 합쳐 거미줄을 늘렸어요. 젖 먹던 힘을 다해 마지막 몸부림을 쳤습니다. 그러자 은실이 툭! 하는 소리를 내며 끊어졌어요.

“역시 만만한 상대가 아니었어.”

“인간들이란 어쩔 수 없군.”

“아이들을 당장 해치웁시다!”

거미줄을 끊고 도망가는 아이들을 칡이 따라가 꽁꽁 묶었어요. 이번에는
오빠와 동생 각자 따로였습니다. 칡덩굴이 얼마나 튼튼한지 하얀 얼굴이 된
남매는 숨쉬기조차 힘들었어요.

“나를 바보로 아는 거야?”

화가 난 털복숭이 거미가 곧바로 달려왔어요. 그리고는 이상한 소리를 내며
소년과 소녀에게 각각 주문을 걸었습니다.

그새 잠이 들었었는지 눈을 떠보니 숲이 아까보다 어두워졌어요.

"오빠! 어딨어? 왜 안 보여."

"여기야! 나 여기 있잖아."

하지만 소리만 들릴 뿐 아무리 둘러봐도 오빠의 모습은 보이지 않았습니다. 다행히 온몸을 휘감고 있던 칡덩굴은 흔적도 없이 사라졌고, 독거미도 더이상 없었어요. 처음 보는 누런색 개 한 마리만 눈앞에 보였습니다. 그런데 그 개가 두 발로 서있는 게 아니겠어요?

"너는 왜 고양이가 됐어?"

심지어 말까지 했습니다.

"지금 무슨 말을 하는 ……."라며 고개를 숙이자 흰 털로 덮여 있는 다리가 눈에 들어왔습니다.

“저런, 많이 놀란 모양이네.”

소리 없이 나뭇가지에서 스르르 다가온 뱀이 갈라진 혀를
날름거리며 말했습니다.

“조심해, 오빠!”

흰 고양이가 누런 개를 향해 소리쳤어요.

그러자 누런 개는 메고 있던 천 가방 주머니에서 얼른 칼을 빼들고
말했습니다.

“그까짓 독사쯤이야 하나도 무섭지 않아. 단숨에 해치울 테다!”

누런 개의 앞발에 들려있는 칼을 보자 뱀의 꼬리가 움찔했습니다.

"사실 나도 피해자야."

"말 같지 않은 소리 듣기 싫어."

"성깔깨나 있군."

"이젠 나도 이판사판이니 잔소리 말고 어서 덤벼!"

"자, 자, 진정하고 내 말 좀 들어봐. 대홍수로 동물들이 모두 사라져서 살모사 체면이 말이 아니게 구겨졌단 말야. 내가 즐겨 먹었던 박쥐나 새들도 없고, 도마뱀, 개구리도 이젠 구경조차 못 해. 겨우 바퀴벌레 두 마리를 먹고 며칠째 버티고 있는 거야. 자, 눈이 있으면 보라고. 비늘도 엄청 빠졌어."

"배고픈 건 우리도 마찬가지야."

"차라리 그때 가족과 함께 죽었더라면 좋았을 텐데."

뱀은 똬리를 틀며 흐느꼈습니다.

"너도 가족이 보고 싶은 거로구나!"

누런 개의 눈에 눈물이 고이기 시작했어요. 그래서 글썽글썽한 눈을 앞발로 훔치려는데, 갑자기 뱀이 확 달려들었습니다.

"그러니까 누군가는 희생해야 하지 않겠어?"

입을 벌려 독니를 드러낸 채 뱀이 말했어요.

'그래도 믿었는데……'

순간 누런 개는 눈앞이 캄캄해졌습니다. 깜짝 놀라 칼을 놓쳐 버렸으니 이젠 아무런 희망이 없었어요. 그저 고통이 빨리 끝나기를 바랄 뿐이었습니다.

"이 나쁜 살모사야, 우리 오빠를 놓아줘!"

흰 고양이가 발톱을 세우고 뱀을 공격하기 시작했습니다.

어느새 숲은 더 어두워졌고, 아무도 없는 것처럼 고요했어요. 잠시 후 허연
배를 드러낸 뱀이 땅바닥에 길게 늘어져 있는 게 보였습니다.
"더 어두워지기 전에 할머니께 돌아가자."
누런 개와 흰 고양이는 서로 손을 맞잡고 바다를 향해 걸어갔습니다.

　저 멀리 배 위에 할머니가 보이자 남매는 단숨에 달려갔습니다. 그런데 신기하게도 그녀는 아이들을 한눈에 알아보았어요. 할머니 품속은 세상에서 제일 따뜻했습니다.

"어디 다친 곳은 없니?"

"네, 저희는 괜찮아요. 그런데 어쩌면 좋아요? 미래도 못 찾고, 독거미 마법으로 이렇게 되고 말았어요."

　더는 나오지 않을 것 같았던 눈물이 개와 고양이 얼굴에서 하염없이 흘러내렸습니다. 할머니는 아무 말 없이 남매의 어깨를 토닥토닥했어요. 그런데 놀라운 일은 곧바로 일어났습니다.

엉엉 울던 누런 개와 흰 고양이가 다시 남매의 모습으로 서서히 바뀌었거든요.

"이게 어떻게 된 일이지?"

남매와 할머니가 놀라워하고 있을 때 황금색 가슴지느러미 물고기가
물 밖으로 머리를 내밀더니 이렇게 말했습니다.

"미래를 찾았구나! 정말 고마워."

그리고는 물속을 헤엄쳐 숲으로 가더니 곧바로 호랑이로 변신해 숲속으로
사라졌습니다. 그 모습을 지켜본 남매는 어리둥절하면서도 기뻤지요. 그리고
할머니께는 숲속 흙이 담긴 가방을 내밀었어요. 가방 안쪽을 살며시 들여다보니
아직 시들지 않은 토끼풀과 흙 속에서 기어 나와 꼬물거리는 작은 애벌레가
보였습니다.

두번째 엄마

씨엘미디어

두번째 엄마
글·신영미 그림·권진혁
씨엘미디어

"엄마는 나 안 사랑하잖아."

와이가 화난 표정으로 소리치자, 스텔라는 놀란 나머지 눈물까지 글썽였어요.

"내가 누구 때문에 이렇게 일하는데……."

스텔라는 나이에 비해 젊어 보이고 몸도 날씬했어요. 커다란 갈색 눈동자와 긴 속눈썹, 숱이 많은 새까만 머리카락은 그녀를 더 매력적으로 보이게 했습니다. 청바지와 드레스뿐만 아니라 그 어떤 옷도 잘 소화해 냈지요. 그래서 청순미와 섹시함을 동시에 보여줄 수 있는 여배우로 꾸준한 인기를 얻고 있었어요. 도저히 열 살 난 아들의 친모로는 보이지 않았답니다.

와이가 가장 듣기 싫어했던 말은 촬영장에 가야 한다는 것이었어요. 그럼 몇 달 동안은 엄마를 만날 수 없기 때문입니다. 그런데 최근 초대형 블록버스터 영화에 비중 있는 조연으로 캐스팅되어 엄마가 기뻐한 것을 잘 알고 있었어요. 그래서 이별의 시간도 길어질 수밖에 없었지요.

"오늘 밤에 파티 어때?"

분위기를 바꾸기 위해 스텔라가 제안했습니다.

"야옹, 야옹!"

그때 마침 와이 옆으로 다가온 고양이가 울어댔어요. 솜털같이 보드라운 하얀 털을 가진 녀석이었죠. 와이는 고양이를 품에 안았어요.

"우리 키키, 무섭구나. 오빠가 지켜줄 테니 걱정 마."

"야옹야옹."

와이는 키키를 꼭 안아 따뜻하게 해 주었습니다.

“오 샹젤리제~ 오 샹젤리제~”

엄마가 노래를 흥얼거리며 드레스 룸에서 여행 가방을 싸는 동안 아이버는 냉장고에 있는 재료들을 스캔했습니다. 유통기한을 체크한 후 냉장고에서 닭가슴살, 오이, 토마토, 아보카도, 상추를 꺼내어 요리를 준비했지요.

“저녁 메뉴가 뭐야, 아이버?”

“열량 섭취를 계산해 보니 스파게티가 좋겠어. 대신 좋아하는 치즈를 듬뿍 뿌려 줄게.”

“엄마 요리는?”

“다이어트 중이니까 비타민과 섬유질이 풍부한 치킨 샐러드를 선택하는 게 현명해.”

아이버는 웃는 얼굴로 차분하게 말했습니다. 그녀의 요리는 호텔 셰프가 직접 만드는 것과 같았어요. 사실은 그보다 더 빠르고 정확했지요. 양손에 자동 계량 장치가 내장되어 있어 늘 최고의 맛을 낼 수 있거든요.

“지금 필요한 건 음악인 것 같은데, 플레이할까?”

아이버는 연갈색 눈동자를 짙은 파란색으로 바꾸며 물었습니다. 와이의 슬픔에 공감한다는 신호를 보낸 거죠. 물론 눈 외에도 머리카락을 원하는 색깔로 순식간에 변경할 수 있고, 피부도 우리처럼 자연스러웠어요. 정말이지 자세히 보지 않으면 인간과 구별이 안 될 정도였습니다. 무엇보다 그녀는 화를 내지 않아요. 언제나 친절합니다. 와이가 태어났을 때부터 함께한 아이버는 세상에서 아들을 제일 잘 이해하는 인공지능 로봇 엄마였지요.

"추천곡은?"

"현재 체온과 심박수를 살펴보니 클래식 음악이 좋겠어. 베토벤의 월광 소나타나 쇼팽의 녹턴 같은 곡들은 너의 마음을 차분하게 해줄 거야."

"고마워, 아이버!"

와이가 웃자 아이버도 덩달아 웃었습니다.

"엄마는 네가 정말 많이 보고 싶을 거야!"

아들과 식탁에 마주 앉은 스텔라가 저녁을 먹으면서 말했어요.

"……."

"혹시 갖고 싶은 거 있으면……."

"언제 돌아오는데?"

"그게 확실하지가 않아서……."

"뭐라고요?"

"그 대신 언제 어디서든 대화할 수 있잖아."

"싫어!"

"그러지 말고 내 말 좀 들어봐."

"다 필요 없어. 엄마 정말 싫어!"

"미안해."

"엄마는 일이 제일 중요하잖아. 그런데 날 왜 낳은 거야?"

"조금만 이해해 줘, 응?"

"싫어, 난 로봇이 아니라구. 나도 아빠처럼 떠날 거야!"

와이가 식탁에 포크를 내리치며 벌떡 일어섰습니다. 이렇게 계속 참고 지낼 수만은 없다고 생각했으니까요.

"그럼 도대체 내가 어떻게 해 주었으면 좋겠니?"

엄마가 얼굴이 새빨개져서 소리쳤습니다.

"키키, 이리 와."

와이는 고양이를 안은 채 이불 속으로 들어갔습니다. 울음을 참느라 어린 두 눈이 붉게 충혈되어 있었죠.

"야옹, 야옹!"

키키는 와이의 품속을 파고들었습니다.

"에취, 에취!"

살랑거리는 키키의 꼬리털이 와이의 얼굴에 닿자 재채기가 나왔어요. 하지만 품속의 키키는 부드럽고 따뜻했습니다. 아이버가 이불을 덮어 주려고 침대로 다가오자 와이는 바로 눈을 꼭 감았어요.

"잘 자라 우리 아기."

그녀는 다정한 목소리로 말했습니다. 그리고는 유리창에 커튼을 치고 전등을 껐어요. 방의 실내 온도를 섭씨 19도로 맞추고, 와이가 잠잘 때 듣는 비 오는 소리를 잔잔하게 들려주었지요.

"……."

와이와 키키는 금방 꿈나라에 빠져들었습니다.

소파에 앉아 잠시 무언가를 생각한 스텔라가 아이버를 불러 말했습니다.

"실시간 영상 확인할 거니까 클라우드에 다 저장해줘. 배터리는 문제없겠지? 또 얼마 전에 성장 보고서를 확인해 보니까 와이가 또래보다 키가 좀 작던데, 밥보다 간식을 더 많이 먹는 것 같기도 하고 말이야. 앞으로 영양 관리에 특별히 더 신경을 쓰도록 해."

아이버가 고개를 끄덕이자 스텔라는 소파에서 일어섰습니다.

"아참, 와이가 아무리 떼써도 저번처럼 학습시간을 줄이면 곤란하지. 지금이 아이 뇌 발달에 중요한 시기라고 알려 줬었잖아. 그러니 무슨 수를 써서라도 설득을 하는 게 맞겠지? 명령에 복종하지 않으면 쓸모가 없다구. 최신형 모델이 널려 있다는 걸 너도 모르지 않을 테니까."

엄마는 잔소리를 늘어놓았고, 아이버는 서서 가만히 듣고 있었어요. 그다음 스텔라는 무인 자동차에 여행 가방을 싣고 곧바로 집을 떠났습니다.

"어디로 여행을 떠나고 싶어?"

"사나이라면 정글을 꼭 가 봐야지."

와이의 답변을 듣자마자 아이버는 컨트롤러를 작동시켰습니다. 이어 그녀가 건네준 VR 헤드셋을 착용하자 울창한 나무와 풀이 빽빽한 아프리카 정글이 눈앞에 나타났지요.

"이제 본격적으로 탐험을 시작해볼까? 저기 바로 앞에 보이는 큰 나무는 흑단나무야. 겉껍질은 일반 나무 색깔이지만 내부의 심재는 검은색이란다. 단단하고 광택이 나서 장식용이나 피아노의 검은 건반, 또 바이올린, 첼로, 베이스 같은 현악기를 만드는 데 주로 쓰여. 그 옆에 있는 야자수와 고무나무, 커피나무도 잘 보이지? 정글 아래쪽에는 고사리처럼 생긴 양치식물과 독특하고 화려한 색상의 꽃들도 많단다."

아이버의 안내에 따라 와이는 숲속을 살피며 더 깊숙이 들어갔습니다. 날씨는 덥고 습했지만, 부드러운 바람이 불어서 기분이 좋았어요. 또 멀리서 들려오는 코끼리 울음소리와 신선한 흙냄새, 달콤한 꽃향기까지 맡으니 마음이 맑아지는 느낌이었습니다.

“저기 나무 위에 원숭이가 있어.”

와이는 신이 나서 어쩔 줄을 몰라 했습니다.

“그럼 좀더 가까이 가서 관찰해볼까? 아프리카 원숭이들은 대부분 과일과 씨앗 등을 먹는데, 일부는 곤충과 작은 동물을 섭취하기도 해. 하지만 안타깝게도 서식지 파괴로 모두 멸종 위기종이 되었지.”

그 말을 들은 와이가 손을 뻗어 원숭이의 머리를 쓰다듬어 주었습니다. 때마침 나뭇가지에 앉아있던 새가 푸드득 하늘로 날아올랐어요.

“놀랐지? 회색 앵무새야. 아프리카에 서식하는 종인데, 영리해서 사람들에게 인기가 많단다. 애니메이션 <라이온 킹>에 나온 ‘자주’ 캐릭터가 바로 회색 앵무새거든.”

“역시 탐험은 지루할 틈이 없다니까!”

“그래도 조심해야 해.”

“왜?”

“아프리카 정글에는 사자, 표범, 하이에나 같은 최고 포식자들이 곳곳에 숨어있다는 걸 잊지 않았겠지?”

“아, 오늘 정말 재밌었어!”

갑자기 헤드셋을 벗으며 와이가 말했습니다.

“다음번에는 바다나 사막을 여행하고 싶네. 그리고 너무 열중했더니 지금 엄청 배고파.”

그의 말에 아이버는 흐뭇한 미소를 지어 보였습니다.

“대파부터 볶아볼까? 향이 올라오면 김치를 넣을 거야.”

“오케이.”

와이는 신이 나서 말했어요. 아이버가 알려 준 대로 달궈진 프라이팬에 대파를 넣자 지지직지지직 소리가 울려 퍼졌지요. 조리대 위에는 잘게 썬 김치와 대파, 당근 외에도 밥과 달걀, 여러 가지 양념들이 놓여 있었습니다.

“잘했어! 이제 밥을 넣고 같이 볶아줘.”

“우와, 맛있는 냄새가 벌써부터 나잖아?”

와이는 자랑스러운 표정으로 팬을 내려다보았어요.

“그렇지, 마지막으로 달걀 프라이를 올려서 참기름도 둘러볼까?”

접시에 담은 요리에 참기름을 두르자 고소한 향이 주방에 퍼지기 시작했습니다.

“어때, 내가 만든 김치볶음밥?”

“정말 완벽해!”

와이가 완성한 요리를 보여주자 아이버는 웃는 얼굴로 엄지손가락을 치켜들었습니다.

"좋은 아침, 일어날 시간이에요."

아이버가 활기차게 말하며 새가 노래하는 듯한 아름다운 자연의 소리를 재생했어요. 그러나 와이는 꼼짝하지 않았습니다.

"체온과 심박수는 모두 정상이고, 이제 그만 일어나자. 오늘은 바쁜 날이 될 거야."

그래도 여전히 아무 반응이 없자 아이버는 커튼을 열어 햇빛이 들어오도록 했어요. 그랬더니 와이가 머리 끝까지 이불을 덮어쓰는 것이 아니겠어요? 할 수 없이 그녀는 이불 속으로 손을 집어넣어 그의 발바닥을 살짝 간지럽혔죠. 그러자 와이는 키드득 웃으며 몸을 꼼지락거렸습니다.

"스크램블드에그와 땅콩버터 토스트를 만들었어. 어서 세수하고, 아침 먹자."

아이버가 다시 부드럽게 말했습니다.

"싫어."

이불 속에서 와이가 소리쳤습니다.

"아침을 먹어야 하루를 잘 보낼 수 있어."

"잔소리."

"알았어. 그럼 토스트 대신 소시지를 구워 줄게."

"정말?"

아이버의 제안에 그제야 와이는 이불 밖으로 얼굴을 빼꼼 내밀었어요.

"봉주르! 잘 잤어?"

영상 속 엄마가 물었습니다. 카페테라스에 앉아있는 그녀의 뒤로 아름다운 거리 풍경이 그림처럼 펼쳐져 있었어요.

"……"

와이는 대답 대신 무표정한 얼굴로 화면만 뚫어지게 응시했습니다.

"이렇게 얼굴 보고 대화할 수 있어서 참 좋다. 그치?"

"……"

“엄마는 아직 시차 적응 중인데 제작 발표회 끝나고 가든파티 때문에 정신없었지, 뭐.”

“……”

“그나저나 우리 아들 목소리 듣고 싶다.”

“응.”

그제서야 와이는 귀찮다는 듯 기계적으로 대답했어요.

“그날 밤에 뽀뽀도 못 했잖아. 엄마가 진짜 반성 많이 했거든. 일 끝나면 빨리 갈게. 가서 꼭 안아주고 싶어.”

눈물이 그렁그렁해진 스텔라가 말했습니다. 하지만 와이는 왠지 엄마가 연기하는 배우의 모습 같아 보였어요.

“어제는 하루 종일 비가 와서 집안에만 있었다고?”

“응.”

“여기 날씨는 화창했는데…….”

“응.”

“오늘은 친구들과 축구를 하기로 했다며?”

“그래서 얼른 가야 돼.”

잠시 후 스텔라와 와이를 비추던 화면이 꺼졌습니다.

“엄마 때문에 늦었잖아.”

와이는 투덜대면서 친구들이 모여있는 운동장으로 걸어갔습니다. 그런데 다들 축구는 하지 않고 스마트워치를 들여다보며 웅성거리고 있었어요.

“얘들아, 봤어?”

“방금. 그런데 이거 정말 사실이야?”

“완전 충격이다!”

와이가 가까이 오자 친구들은 더 놀란 표정이 되었습니다. 심상치 않은 일이 일어난 것이 분명했지요. 와이가 스마트워치를 검색하자 곧바로 ‘톱 배우와 유명 감독, 충격적 스캔들 발각!’이라는 속보가 나왔습니다.

“방금 들어온 소식입니다. 인기 영화배우 스텔라 씨와 유명 영화감독 필버그 씨의 불륜이 사실로 밝혀져 파문이 일고 있습니다. 두 사람은 최근 함께한 작품을 통해 가까워졌으며, 목격자들에 따르면 둘 사이에 비밀스러운 관계가…….”

앵커는 진지한 표정으로 보도하고 있었고, 엄마의 웃는 모습과 영화감독의 얼굴 사진이 함께 화면을 가득 채우고 있었습니다.

집으로 돌아온 와이는 아무 말 없이 거실에서 축구공만 찼어요. 그가 차올린 공은 거실 벽에 부딪힌 후 소파에 맞고, 팅겨 나와 다시 바닥으로 떨어졌습니다. 아이버는 와이의 모습을 계속 주시하면서 부엌을 청소하고 있었지요.

"왜 자꾸 나를 감시해?"

자신의 움직임을 감지하는 센서들이 집안 곳곳에 설치되어 있다는 것을 다 알면서도 모르는 척 와이가 물었습니다.

"나는 너를 도와주기 위해 여기 있어. 무슨 일이 있어도 항상 곁에 있을 거야. 아들의 건강과 안전을 지키는 것이 내 역할이잖아."

"아, 잔소리 좀 그만해. 로봇 주제에 감히 말대꾸야! 혼자 있고 싶으니까 제발 좀 꺼져."

와이는 화난 눈으로 아이버를 노려보며 명령했습니다. 그의 심장이 빠르게 뛰고 호흡과 혈압이 상승하자 어쩔 수 없이 그녀는 멀찍이 뒤로 물러섰어요.

"위험해!"

중심을 잃고 앞으로 넘어지려는 와이를 보고 아이버가 달려가며 외쳤어요.

"아야!"

와이는 다리를 움켜쥐며 울음을 터뜨렸습니다. 화풀이로 세게 찬 공이 발에 닿지 않으면서 발목이 꺾이고 말았거든요. 정말 순식간에 일어난 일이었어요.

"괜찮아?"

다친 다리를 스캔하며 아이버가 물었습니다. 어느새 그녀의 눈동자 색깔은 열은 주홍색으로 바뀌어 있었어요.

“엄마, 엄마. 너무 아파.”

“발목이 붓기 시작했어. 얼음팩을 가져올게. 조금 진정되면 치료를 해야겠어. 곧 괜찮아질 거야.”

아이버는 와이를 소파에 눕히며 안심시켰습니다.

“엄마한테 알리지 마. 나까지 걱정하게 되면…….”

와이는 진심으로 부탁했어요. 그리고 남자답게 눈물을 참으려고 애썼습니다. 하지만 통증 때문에 얼굴이 찡그려지고 말았어요. 아이버는 와이의 손을 꼭 잡아주었죠. 그러나 그녀의 손은 엄마처럼 따뜻하지는 않았습니다.

“야옹야옹.”

키키의 가냘픈 울음소리가 귓가에 들려왔어요. 잠에서 깨어난 와이가 천천히 몸을 움직였습니다.

“잘 잤니?”

기다리던 그녀의 목소리였어요.

“엄마!”

와이의 놀란 눈과 스텔라의 큰 눈이 마주쳤습니다. 그녀는 애써 환하게 웃었지만, 어쩐지 슬픈 표정이었어요.

“괜찮니? 많이 아팠지?”

깁스한 아들의 다리를 보고 스텔라가 눈물을 흘렸습니다. 그리고는 와이의 창백해진 얼굴을 말없이 쓰다듬었어요. 엄마의 손은 놀랍도록 포근했습니다.

“보고 싶었어.”

와이도 눈물이 맺힌 눈으로 그녀를 바라보았습니다.

“미안해, 내가 너무 부족해서…….”

“왜 그래, 엄마.”

“정말이야. 아이버가 있으니까, 나보다 더 잘하니까, 아무 문제 없을 줄 알았어.”

“괜찮다니까.”

“엄마 바보 같지?”

“아니야.”

“엄마 때문에 네가 상처받는 일이…….”

스텔라는 고개를 떨구며 어깨를 들썩거렸습니다. 와이는 어떻게 해야 좋을지 몰라 잠시 고민하다가 솔직하게 말했어요.

"그때 아빠처럼 떠날 거라고 말한 거, 엄마 슬프게 해서 죄송해요."

그녀의 눈물이 볼을 타고 주르륵 흘러내렸습니다. 그 모습을 본 와이도 엉엉 울기 시작했어요.

"울지 마. 이렇게 엄마를 생각해 주는 아들이 있어서 얼마나 기쁜데!"

"사랑해요, 엄마."

"사랑해, 아들."

엄마와 아들은 서로를 꼭 껴안고 오랫동안 움직이지 않았습니다.

밤이 되자 집안은 조용했고, 와이는 깊이 잠들었습니다. 은은한 달빛 같은 조명 아래 두 엄마가 마주 앉았어요.

"임무를 완수하지 못했습니다. 저를 폐기하고 싶으면 절차를 알려드릴게요."

아이버의 말에 스텔라는 차를 한 모금 마시고 찻잔을 식탁에 내려놓았습니다.

"와이가 아기였을 때 기저귀를 갈아주는 일조차 나는 할 수 없었어. 그런데도 엄마 자격이 있을까? 과연 내가 좋은 엄마가 될 수 있겠냐고. 혹시 나 때문에 아이가 불행해지면 어떡하지?"

그녀의 얼굴은 걱정과 고민으로 어두워졌습니다.

"야옹, 야옹!"

그때 살금살금 다가온 키키가 스텔라의 발아래에서 울었어요. 그녀는 고양이를 안아 무릎에 앉히고 머리를 가만히 쓰다듬었습니다. 잠시 후 스텔라가 아이버에게 물었어요.

"와이가 행복하면 좋겠어. 내가 어떻게 하면 좋을까?"

"행복의 요건에는 여러 가지가 있어요. 핵심은 자신이 사랑받고 있다는 것을 느끼게 하는 겁니다. 그러기 위해서는 아이의 행동에 관심을 가지면서도 직접적인 개입은 최소화하는 것이 좋아요. 스스로 선택하고 배울 수 있도록 지지해주는 것이 제일 중요하니까요."

아이버는 침착하게 말했습니다.

아이비

"언제나 논리정연해. 하지만 세상일이 모두 뜻대로 되는 것은 아니더라고."

"네, 맞아요. 완벽할 수 없습니다. 그것은 복잡하고 다면적인 인간의 특성 중 하나이기 때문이에요. 하지만 바쁜 일정 속에서 짧더라도 함께하는 시간을 갖는다면 아이는 충분히 행복감을 느낄 수 있습니다."

"그러니까 시간의 양보다 질이 중요하다는 거야?"

"네, 맞습니다. 그리고 엄마가 행복해야 아이도 행복할 수 있다는 것을 꼭 기억하세요."

"그 부분 만큼은 자신 있지. 내가 또 자기관리의 끝판왕 아니겠어? 나 자신을 돌보는 일은 필수 조건이라고 생각해."

자기 자랑을 늘어놓은 것이 쑥스러웠는지 스텔라가 빙긋이 웃었어요. 그녀의 웃음에 응답하는 아이버 역시 미소를 지었지요. 고양이는 어느새 색색 잠들었습니다.

작가의 말

모험은 즐거웠나요? 아니면 미래에 대한 걱정으로 오히려 머리가 복잡해졌나요? 책을 읽으면서 낯선 내용에 이상한 느낌이 들지는 않았는지 모르겠습니다. 이 이야기는 '우리의 미래가 앞으로 어떻게 될까?'라는 호기심에서 출발했어요. 물론 미래를 정확하게 예측하는 것은 불가능하죠. 다만 오늘날 지구는 온난화로 인해 폭염과 폭우, 태풍, 지진, 해일 등 자연재해가 세계 곳곳에서 급증한 게 사실입니다. 그래서인지 미래를 상상한 영화 중에는 암울한 분위기로 만든 것이 많아요. 하지만 가장 중요한 것은 현재가 아닐까요? 우리가 행동하고 결정을 내릴 수 있는 유일한 시간 역시 현재뿐이니까요.

실제로 현재의 선택이 미래를 결정합니다. 《첫 번째 미래》에서는 대홍수로 땅 위에 살던 거의 모든 동식물이 생명을 잃어서 아무런 희망도 보이지 않았어요. 그런데 기적처럼 살아남은 사람들이 용기 있게 마지막 숲으로 가서 황금색 가슴지느러미 물고기가 알려준 '미래'를 찾습니다. 과연 그들이 찾은 미래는 어떤 의미일까요?

한편 《두 번째 엄마》에서는 말하지 않아도 인간의 마음을 읽을 수 있는 인공지능 로봇이 등장합니다. 언제나 친절하고 상냥한 그녀는 바쁜 엄마를 대신해서 집안일을 완벽하게 수행하지요. 식사 준비는 물론이고, 놀이와 학습, 공감과 지원을 아끼지 않습니다. 그런데도 아이는 별로

행복하지 않았어요. 자신을 사랑해주는 엄마가 두 명이나 있는데도 말이죠. 왜일까요?

생각해 보세요. 스스로 자라고 스스로 깨닫는 존재가 인간 말고 또 있을지? 우리를 행복하게 해 주는 꿈과 상상력, 따뜻한 체온, 사랑의 마음을 과학기술로 해결할 수 있을지?

어린 시절 저는 세상이 늘 궁금한 아이였어요. 새로운 것을 만나면 호기심으로 눈이 반짝반짝 빛났습니다. 그중에서도 미래를 상상하는 것이야말로 제일 흥미진진한 일이었죠. 여러분은 어떤가요? 기회가 된다면 꼭 함께 대화해 보면 좋겠어요.

그래서 환경과 미래를 생각하는 일에 조금이나마 도움이 됐으면 하는 바람으로 《첫 번째 미래, 두 번째 엄마》를 내밉니다. 솔직히 시험결과를 기다리듯 가슴이 조마조마해요. 그래도 결코 탐험을 멈추지 않을 거예요. 세상엔 더 재밌고 경이로운 것들이 가득하니까요. 자, 여러분도 다시 시작할 준비가 되었나요?

2024년 여름

신영미